دار جامعة حمد بن خليفة للنشر
صندوق بريد 5825
الدوحة، دولة قطر

www.hbkupress.com

الطبعة العربية الأولى عام 2021

الترقيم الدولي: 9789927151828

تمت الطباعة في الدوحة-قطر.

مكتبة قطر الوطنية بيانات الفهرسة – أثناء – النشر (فان)

أبو شقرا، سهى، مؤلف.

الهدهد المهاجر / تأليف سهى أبو شقرا ؛ رسوم عمر لافي. - الطبعة العربية الأولى. - الدوحة، دولة قطر : دار جامعة حمد بن خليفة للنشر، 2021.

صفحة ؛ سم

تدمك 978-992-715-182-8

1. الهجرة -- قصص للأطفال. 2. قصص الأطفال العربية. أ. لافي، عمر، رسام. ب. العنوان.

PZ10.731 .A26 2021

892.737– dc23

202128090275

الهدهد المهاجر

تأليف: سهى أبو شقرا   رسوم: عمر لافي

دار جامعة حمد بن خليفة للنشر
HAMAD BIN KHALIFA UNIVERSITY PRESS

هل سمِعْتُم عن الطُّيورِ المُهاجرةِ؟ أنا الهُدهدُ واحدٌ منْها، وأنا طائِرٌ مُهاجرٌ.

أقطعُ المسافاتِ في فضاءِ الأرضِ الواسعةِ.

أبحثُ عن الطقْسِ المُناسبِ، والطعامِ الوفيرِ، والمكانِ الهادئِ والآمنِ.

أتحدَّى تعبَ الهجرةِ هربًا منَ البردِ القارسِ، أو الحرِّ الشديدِ.

الهِجرةُ يا أصدِقائي ليستْ خَاصَّةً بالطُّيورِ وحْدها، فالبشرُ يُهاجِرونَ أيضًا.

وخِلالَ أسْفاري، رأيتُ أعدادًا كبيرةً منَ الناسِ تهْجُرُ مواطِنَها.

تسْألونَ لِماذا؟ سأُجيبُكُم عبرَ قصصٍ عنِ الهِجرةِ والمُهاجِرينَ،

حفظْتُها في كِتابي الملِيءِ بِالحكاياتِ.

هل ترونَ الفتاةَ ذاتَ الشالِ الأحمرِ؟

اسمُها ياسمينُ، تهجَّرتْ من بيتِها بسببِ الحربِ المُخيفةِ.

كنتُ أزورُ قريتَها قبلَ الحربِ، وأراها تلعبُ مع أصدقائِها في حديقةِ البيتِ.

لم تكنْ عائلةُ ياسمينَ تنْوي الرحيلَ عنْ وطنِها،
لكنَّ أصواتَ المدافعِ والرصاصِ كانتْ مُرعبةً.
اشتدَّ القصفُ، وانقطعتِ المياهُ والكهرباءُ،
وتوقفتِ المدارسُ والأعمالُ، وصارتِ الحياةُ صعبةً جدًّا.

ذاتَ يومٍ، حامَتِ الطائراتُ الحربيةُ فوقَ قريةِ ياسمينَ.

كانتْ أصواتُها تصمُّ الآذانَ، وقنابلُها أقوَى مِن جدرانِ البيوتِ والملاجئِ.

قرَّرتْ عائلاتٌ كثيرةٌ مغادرةَ القريةِ، ومن بينِها عائلةُ ياسمينَ.

رحَلوا سيرًا على الأقْدامِ، وناموا في البَراري وتحتَ الشجرِ.

كانتِ الحربُ تُلاحِقُهُم أينَما ذهَبوا، فهجَروا وطنَهُم بحثًا عنِ الأمانِ.

جفَّتِ الأرضُ وتشققَتْ، وما عادتْ تُنبِتُ زرعًا. كانتْ حقلًا واسعًا مزروعًا بالقُطنِ.

غيَّرَ الجفافُ حياةَ الفتَى «رشيد» ذا القَميصِ الأخْضرِ.

كانتْ أسرتُهُ تزرعُ الأرضَ وترْويها، وكانَ محصولُها يكْفي لِتعليمِ الأبناءِ وتخْرينِ المؤونةِ.

زرتُ أرضَ رشيدٍ خلالَ أسْفاري. كنتُ أشربُ منَ النهرِ القريبِ، وأنظِّفُ الحقلَ من الديدانِ والحشراتِ الضَّارةِ.

كانوا أسرةً سعيدةً، وكانوا يُغنونَ ويمْرحونَ أثناءَ جنْيِ القُطنِ.

منذ ثلاثِ سنواتٍ، انحبسَ المطرُ. فشحَّ ماءُ النهرِ، ولمْ يعُدْ يكْفي لريِّ أراضِي المُزارِعينَ.
جفَّتِ الآبارُ أيضًا، وصارتِ الأرضُ قاحِلةً.
طالتْ موجةُ الجفافِ، وقلَّ الطعامُ. في وقتٍ لمْ يجِد فيه والدُ رشيدٍ عملًا آخرَ غيرَ الزراعةِ.
وهكذا قرَّرتِ الأسرةُ الرحيلَ عنْ موْطِنِها؛ فالجفافُ صارَ يُهدِّدُ حياتَها.

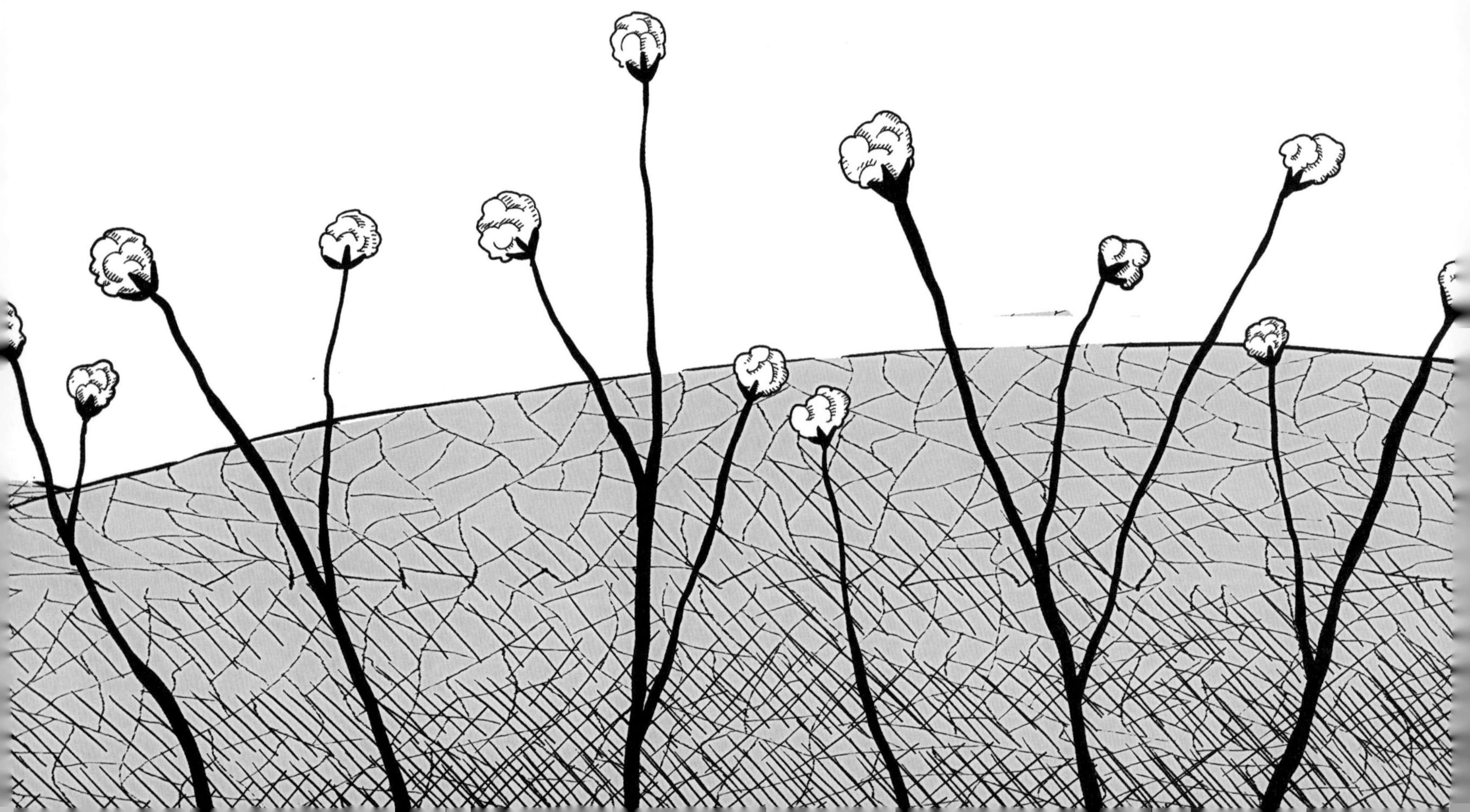

هذه الصغيرةُ بضفيرتِها المزيَّنةِ بشريطٍ أصفرَ، اسمُها حبيبةُ.

تسيرُ حبيبةُ على عُكازٍ، فقد أُصيبتْ بشللِ الأطفالِ وهي بعدُ طفلةٌ صغيرةٌ.

لمْ تتلقَ اللَّقاحَ بعمرٍ مبكّرٍ، لِذلكَ أصيبتْ بالشَّللِ؛ وقريتُها البعيدةُ، لا مُستشفى فيها ولا طبيبًا.

زارتِ الطبيبَ في المدينةِ مرةً واحدةً فقط، لِأن كلفةَ العلاجِ والنقلِ مُرتفعةٌ.

ذات مرةٍ، استرحْتُ في قريةِ حبيبةَ من تعبِ السفرِ. سمعتُها تُحدِّثُ أمَّها عنْ رغْبتِها في أنْ تَصيرَ طبيبةً، كي توفِّرَ اللَّقاحَ لجميعِ الأطفالِ، وتقْضي على مرضِ الشللِ.

تحتاجُ حبيبةُ للرعايةِ الصحيةِ باستمرارٍ، لذلك قرَّرَ والِداها الهِجرةَ إلى بلدٍ يقدِّمُ العلاجَ للناسِ مجانًا.

مشوارُهُم كانَ طويلًا وشاقًّا. قطعوا القُرى والمدنَ، وعبَروا الحدودَ مِن دولةٍ إلى أُخرى.

وعند الشاطئِ المُطلِّ على البحرِ الواسعِ، ركِبوا قاربًا مع عشراتِ المهاجرينَ نحو بلدٍ جديدٍ.

ماريا وزكريا شقيقانِ توأمانِ، ومُتفوقانِ في التعليمِ. ماريا بارعةٌ جدًّا في الرياضياتِ، وزكريا يحبُّ تصميمَ المنازلِ والأبْنيةِ.

تفوَّقتْ ماريا على زُملائِها، ونالتْ تصميمات زكريا اسْتِحسانَ مدرِّسيهِ.

والدُ التوأمينِ يعملُ في أحدِ مصانعِ المدينةِ، والأمُّ تشتغلُ في مخبزٍ قريبٍ من المنزلِ.

لكن دَخْل الأسرة لا يكفي، كي يُتابِعَ الشقيقانِ تعليمَهُما.

عمٌّ ماريا وزكريا مهاجرٌ منذ سنواتٍ طويلةٍ، وقد ساعدَهُم في إنجازِ مُعاملاتِ هجرتِهم.

يريدُ الوالِدانِ توفيرَ التعليمِ الجيدِ لطفليْهِما، كي ينالا أعْلى الشهاداتِ.

منذُ يومينِ، حصلتِ الأسرةُ على تأشيراتِ السفرِ.

اختلطتْ مشاعرُهُما بين الفرحِ والحزنِ؛ فهما يُريدانِ الهِجرةَ أملًا بمستقبلٍ مشرقٍ، لكنَّ تركَ البيتِ والمدرسةِ والأصدقاءِ أمرٌ مؤلمٌ في الوقتِ نفسِه.

أخبِركُم الآنَ عن رامي، هو الابنُ البكرُ ولديهِ ثلاثُ شقيقاتٍ.

منذُ سنتينِ، خسِرَ والِدُ رامي عملَهُ بِسببِ البطالةِ. لكن عملَ والدتِهِ وفَّرَ للأُسرةِ بعضَ حاجاتِها.

بحثَ الوالدُ كثيراً عن فرصةِ عملٍ جديدةٍ، ولمْ يوفَّقْ.

لكِنهُ لم يستسلمْ، وواصلَ البحثَ عن وظيفةٍ في بُلدانٍ أخرى.

ذاتَ يومٍ، تلقَّى والدُ رامي خبرًا سعيدًا!
وجدَ فُرصةَ عملٍ خارجَ الوطنِ، وبدأ الاسْتِعدادَ لِلسفرِ.
وعدَ أسرتَهُ بأنهُ سيفعلُ المستحيلَ، كي يُرتبَ أمرَ التحاقِهم بهِ.
أجبرتْهُ البطالةُ على الهِجرةِ مثلَ آلافِ الأشخاصِ غيرِهِ.
ولا يزالُ رامي ينتظرُ يومَ السفرِ، للعيشِ قربَ والدِهِ.

دعوني أخبرُكم عن كِندةَ وشقيقتِها كِنانا. زرتُ قريتَهُما يومًا، ورأيتُهُما تسيرانِ في طريقٍ ترابيٍّ، وخالٍ من المارةِ والأشجارِ.

كانتا مُتَعَجِّلَتَيْنِ، وتحمِلانِ أوعيةً بلاستيكيةً؛ ورحتُ أحومُ قُربَهُما كيْ أسليهِما بوجُودي.

بعد مسيرِ ساعتينِ، وصلتِ الشقيقتانِ إلى بئرِ الماءِ. كانَ الناسُ كِبارًا وصِغارًا يقِفونَ بالطابورِ، لِملءِ الأوْعيةِ التي أحْضرُوها.

علِمتُ أن الماءَ لا يصلُ إلى بيوتِهِم! كانوا يسيرونَ نحو الآبارِ البعيدةِ، لجلبِ الماءِ للشربِ والطهوِ وغسلِ الملابسِ والاستحمامِ والتنظيفِ وريِّ النباتاتِ أيضًا.

المُشوارُ اليوميُّ لجلبِ الماءِ، كانَ يُتعِبُ كِندةَ وكِنانا كثيرًا، ويحرِمُهُما مِن الذهابِ إلى المدرسةِ أحيانًا.

لِذلك عجَّلَتْ أُسرةُ الشقيقَتيْنِ الرحيلَ عنِ القريةِ؛ فالحياةُ بِلا ماءٍ مُستحيلةٌ.

والآنَ اسْمَعوا هذهِ القصةَ! إنها تحْكي عن الصبيِّ الصغيرِ ذِي القميصِ البنفْسجيِّ.

اسمهُ نِجادٌ، ويعيشُ مع عائِلتِهِ في خيمةٍ. هربوا من بيْتِهم بِسببِ الحربِ.

كانَ مليئًا بِالصحةِ والنشاطِ، لكنه أصيبَ بِسوءِ التغْذِيَةِ بعدَ انْقِطاعِ الحليبِ والغذاءِ.

لا يحتمِلُ الصغارُ الجوعَ، والبقاءَ بدونِ طعامٍ وقتًا طويلًا! لهذا صارَ نجادٌ نحيلًا جدًّا.

لم يعُدْ نِجادٌ يقْوى على الحركةِ، وزادتْ حالتُهُ سوءًا مع فِقدانِ الدواءِ والطعامِ.

تقدمتْ أسرتُهُ بِطلبٍ لِلهجرةِ، لأن الجوعَ يُهدِّدُ حياتَهُم.

انْتظروا طويلًا قبلَ حُصولِهِم على تأشيراتِ السفرِ.

بكتْ مُمرِّضةُ نِجادٍ منَ الفرحِ عندَ وداعِهِ؛ وتمنَّتْ أن يسْتعيدَ صحتَهُ، وألَّا يُعاني منَ الجوعِ أبدًا.

القصصُ عن الهِجرةِ لا تنْتهي، وأحْلامُ المُهاجِرينَ بِعيشِ حياةٍ أفضلَ لا تتوقفُ.

ياسمينُ ورشيدٌ وحبيبةُ وماريا وزكريا ورامي وكِندةُ وكِنانا ونِجادٌ هاجَروا جميعًا،
لِأسبابٍ صِرْتُم تعْرِفونَها.

لكن هلْ سيعودونَ إلى بُلدانِهِم يومًا؟

سيعودونَ إذا توقفَتِ الحربُ.

سيعودونَ إذا عادَ المطرُ، وانْتهى الجفافُ، واسْتعادَتِ الأرضُ عافِيتَها.

سيعودونَ لو توفَّرَ العلاجُ والأطباءُ، وفُتحتِ المدارسُ للجميعِ.

سيعودونَ إذا وصلَ الماءُ إلى كلِّ البيوتِ، ووجدَ الصغارُ طعامًا في أطْباقِهِم.

إذا سمِعْتُم عن قريبٍ أو صديقٍ هاجرَ أو ينْوي الهِجرةَ،
فاسْألوهُ عن قصتِهِ.

كلُّ مهاجرٍ له قصةٌ مختلفةٌ.

البشرُ مثلَ الطيورِ يتنقَّلونَ ويُسافِرونَ، وإذا وجَدوا مكانًا
يُناسِبُهُم يسْتقِرونَ فيهِ.

ولا تظُنوا أن الهِجرةَ خيارٌ سهلٌ،

أو أن المُهاجرَ لا يُحبُّ وطنَهُ!

لكنها بِالنسبةِ لي أمرٌ محتومٌ، وفرصةٌ لِلتعرُّفِ على
أصدقاءٍ جددٍ مثلِكُم تمامًا.